W0472657

Patrick Modiano

Memory Lane

Aus dem Französischen
von Elisabeth Edl

Mit Zeichnungen
von Pierre Le-Tan

Kampa

Die französische Originalausgabe erschien 1981
im Verlag Éditions P.O.L, Hachette, Paris.

Für den Blick hinter die Verlagskulissen:
www.kampaverlag.ch/newsletter

Der Kampa Verlag wird in der Schweiz vom Bundesamt für Kultur
mit einem Strukturbeitrag für die Jahre 2021–2024 unterstützt.

Copyright © 2020 by Patrick Modiano et les Éditions Stock
Für die deutschsprachige Ausgabe
Copyright © 2024 by Kampa Verlag AG, Zürich
www.kampaverlag.ch
Lektorat: Wolfgang Matz
Covergestaltung und Satz: Lara Flues, Kampa Verlag
Covermotiv: © Pierre Le-Tan
Gesetzt aus der Stempel Garamond LT / 240120
Druck und Bindung: Friedrich Pustet, Regensburg
ISBN 978 3 311 10144 4

Memory Lane

Paris, 18. Mai 1979

Ich frage mich, durch welche geheimnisvolle Chemie sich so etwas bildet wie ein »Grüppchen«: Mal fällt es ganz schnell wieder auseinander, mal bleibt es über Jahre gleich, und oft denkt man wegen der unterschiedlichen Charaktere seiner Mitglieder an Polizeirazzien, bei denen zwischen Mitternacht und Morgengrau Menschen zusammenkommen, die einander sonst nie begegnet wären.

In dem Grüppchen, das ich mit zwanzig beobachten konnte, war ich kein richtiges

Mitglied. Ich stand nur lose mit ihm in Verbindung, das genügte aber, dass ich mir eine recht klare Erinnerung bewahrt habe. Eingeführt hat mich Georges Bellune. Ich arbeitete damals in einem Musikverlag – eine ganz untergeordnete Stellung –, und Bellune saß im Büro nebenan. Ich glaube, er betätigte sich als eine Art Impresario, und seine Talente wurden eingesetzt, wenn man Auslandstourneen organisieren wollte für Sänger, die noch keine wirkliche Bekanntheit hatten. Doch ich hörte nur selten das Telefon klingeln, hinter der Wand, die unsere Büros voneinander trennte. Wir trafen uns im Fahrstuhl und auf dem Flur, wir waren Freunde geworden. Nachmittags klopfte er an meine Tür.

»Könnten wir nicht eine kleine Runde drehen?«, fragte er.

Unten angelangt, folgten wir der Rue de Berri bis zu den Champs-Élysées, dann gingen wir sie zurück. Und das mehrmals hintereinander. Bellune sagte kein Wort, und ich wagte nicht, ihn aus seiner Träumerei zu reißen.

Eines Tages lud er mich zum Mittagessen ins »Saint-Gothard«, ein Restaurant in der Rue du Faubourg Montmartre, dessen Kundschaft aus alleinstehenden, nüchtern wirkenden Männern bestand. Mein Freund erklärte mir, er kenne dieses Lokal seit über dreißig Jahren. Zum ersten Mal sei er in Begleitung eines gewissen Oscar Dufrenne hergekommen, Direktor eines Varietétheaters in der Nachbarschaft, und den hatte man im Monat drauf ermordet. Als das Verbrechen geschah, rannte ein Matrose aus Dufrennes Büro und verschwand in der Menge auf den Stehplätzen hinten im Parkett, während die Girls auf der Bühne sich zum Schlussbild aufstellten. Diese flüchtige Gestalt eines im Halbdunkel untertauchenden Matrosen stimmte Bellune nachdenklich. Die Polizisten hatten zwar den als Schiffsjunge verkleideten Akkordeonspieler der Revue verhört, freilich ohne jeden Erfolg.

Nach dem Mittagessen bat mich Bellune, ihn zu einem Schuhmacher in der Cité Bergère zu begleiten: ein Freund, Paul Contour, hatte ihn ersucht, zwei Paar Mokassins abzuholen, die er in Auftrag gegeben hatte. Als wir vor dem Laden ankamen, stellten wir fest, dass er geschlossen war, für immer. Das Schaufenster war staubig, und eine Kletterpflanze wucherte in der leeren Auslage. Bellune lachte leise, während er die verwaiste Werkstatt betrachtete, mitsamt ihrer Pflanze, die immer weiter wuchs, und Contours zwei Paar Mokassins, die bestimmt in irgendeiner Ecke verrotteten.

»Das passt wirklich zu Paul«, sagte er.

Und eines Abends, als wir gemeinsam das Büro verließen, machte er den Vorschlag, mich mitzunehmen zu seinen Freunden, den Contours. Ich war einverstanden, voller Neugier, denn vor Augen hatte ich noch das Schaufenster des gespenstischen Schuhmachers.

Pauls Schuhmacher hatte sicher glanzvolle Zeiten erlebt, aber die rissige Fassade erinnerte jetzt an einen verlassenen Palazzo am Canal Grande.

Die Contours wohnten in der Avenue Paul-Doumer, und an jenem Abend sah ich sie »privat«, denn die andern Mitglieder des »Grüppchens« waren nicht da. Sie empfingen uns in einem Salon mit entschieden modernen Möbeln, deren aerodynamische Formen und grelle Farben mich verblüfften. Ich erfuhr, die Ausstattung ihres Appartements habe ein Mitglied ihres »Grüppchens« entworfen, ein Pariser Antiquitätenhändler und Fachmann für helles Holz. Sein Name, Claude Delval, kehrte häufig wieder in den Worten, die sie mit Georges Bellune wechselten, ebenso wie andere Namen, lauter enge Freunde, denen ich später noch begegnen sollte.

Anwesend war auch ein Amerikaner mit ziegelrotem Gesicht, weißem Haar und Ponyfrisur, von dem ich nie mehr erfuhr als den Vornamen: Douglas. Genannt wurde er »Doug«. Er spielte bei den Contours offenbar die Rolle eines Sekretärs oder Verwalters.

Maddy Contour war um die vierzig. Blond, groß, gebräunte Haut, helle Augen, mit ihrer sportlichen Gestalt und ihrem jugendlichen Aussehen hätte sie ebenfalls als Amerikanerin durchgehen können. Paul Contour, zehn Jahre älter, hochgewachsen, sehr dunkler Typ, die Schläfen nur leicht silbergrau, Schnurrbart, machte trotz seiner Korpulenz einen äußerst geschmeidigen Eindruck in Gesten und Bewegungen – ein Eindruck, den die locker sitzenden Anzüge und die Hemden mit ihren weit offenen Kragen noch betonten.

Ich war an jenem ersten Abend empfänglich für die wattige Atmosphäre der Wohnung. Wir alle saßen reglos in unseren Fauteuils, mit Ausnahme des Amerikaners, der von Zeit zu Zeit aufstand, um ein Getränk zu servieren oder ans Telefon zu gehen, seine Schritte jedoch hörte man nicht, denn er trug Panchos. Bei jedem Anruf fragte Contour, wer am Telefon sei, und nach einem zustimmenden Nicken behielt der Amerikaner zwar den Apparat in der Hand, warf aber den Hörer zu Contour hinüber, und der fing ihn noch im Flug. Er flüsterte, den Hörer zwischen Wange und Schulter geklemmt. War das Gespräch zu Ende, schleuderte Contour den Hörer zurück, der Amerikaner schnappte ihn zwischen

Daumen und Zeigefinger, hängte ein und stellte das Telefon auf ein Tischchen. Licht von einer Lampe aus Opalglas an der Wand ganz hinten. Maddy Contour lächelte mich an. Paul Contour redete. Ganz ehrlich, ich erinnere mich nicht mehr, was er sagte: Ich achtete viel zu sehr auf den Klang seiner Stimme – eine sanfte und tiefe Stimme, eine Art Säuseln.

Auf dem Heimweg erzählte mir Georges Bellune, der seit über zwanzig Jahren mit ihnen verkehrte, ein paar Einzelheiten. Von bescheidener Herkunft aus der Provinz – ein Kind aus Annecy, obwohl er behauptete, ein halber Zigeuner zu sein, ein »Rabouin«, wie er sich ausdrückte, und seine schwarzen Augen und sein matter Teint verdächtig wirkten für einen Savoyarden –, hatte Paul Contour eine glänzende Anwaltskarriere begonnen und war der jüngste Präsident des Redewettbewerbs *La Conférence du stage* gewesen, der Krieg aber hatte seinen Aufstieg jäh beendet. Er hatte im Pferdehandel sein Glück versucht und Maddy geheiratet, damals Mannequin in einem angesehenen Modesalon. Seither wusste man nicht allzu genau, was für »Geschäfte« er trieb, doch er war ein Seiltänzer, an manchen Tagen gestand er den Freunden seiner Gruppe, er sei »aus der Übung«, in andern Augenblicken lud er alle zum Abendessen, in der Nähe von Bougival, und wollte feiern, denn er sitze wieder »fest im Sattel«.

Ich erfuhr unter anderem, Contour habe lange von dem Geld gelebt, das ihm die »Tende und La Brigue-Geschichte« eingebracht hatte. Er und Bellune versuchten mir den ausgeklügelten Mechanismus von »Tende und La Brigue« zu erklären, und ich lauschte ihnen mit gerunzelter Stirn: Eine Gruppe von Mittelsmännern, die einen angeblich von der italienischen Regierung beauftragt, die andern von der französischen, suchte den Verkauf von »Tende und La Brigue« auszuhandeln, zwei Ortschaften an der italienisch-französischen Grenze. Contour hatte die Kastanien aus dem Feuer geholt und erhielt eine hohe Provision. Von wem? Das habe ich nie begriffen, genauso wenig wie ich jemals durchschauen konnte, an wen diese Leute »Tende und La Brigue« verkaufen wollten. Und ob sie's verkauft haben.

Und Doug, der Amerikaner mit dem ziegelroten Gesicht, ebenfalls dabei in der Avenue Paul-Doumer an jenem ersten Abend? Ein ehemaliger Offizier der Bradley-Armee, den die Contours nach der Befreiung kennengelernt hatten und der anschließend in Paris geblieben war. Er wich ihnen nicht von den Fersen und diente, wie ich erraten hatte, freundschaftshalber als Sekretär und Chauffeur. Doug hatte in Frankreich, nach dem Krieg, denselben Beruf ausgeübt wie Maddy Contour: Er war das erste männliche Mode-Mannequin gewesen, aber der übermäßige Genuss süßer Alkoholika hatte ihn um seine Schönheit gebracht und bescherte ihm diese rote Gesichtsfarbe. In Maddys Zimmer, Avenue Paul-Doumer, zeigte ein Foto mit elegantem Lederrahmen den jungen Doug, im Glencheck-Anzug und in Pose.

In ihrem Innersten war das Mannequin Maddy immer noch das naive Mädchen aus Saumur.

Ein paar Wochen später stand ich, wieder mitgeschleppt von Bellune, dem vollzählig versammelten Grüppchen gegenüber. Der Treffpunkt war eine Bar in der Avenue de Friedland mit schaurig-düsterem Dekor.

Rund um die Aperitifs hockten Paul und Maddy Contour, zwei Männer um die dreißig, die mir vorgestellt wurden: ein gewisser Christian Winegrain und ein gewisser Bourdon, die Freundin von Winegrain, eine brünette und schüchterne Jugendliche, und eine Skandinavierin, die ständig laut lachte, dabei in der Sprache ihres Landes redete und deren Schultern Bourdon zärtlich drückte. Neben ihnen Doug, sehr rot, unbewegt und mit starrem Blick vor einer Flasche grünem Izarra.

Diese Bar in der Avenue de Friedland wurde betrieben von einer Martinikanerin, die Paul Contour »Madame Camoëns« nannte. Georges Bellune erklärte mir leise, dass Christian Winegrain, wenn ihn seine schrecklichen »Trübsinnsanfälle« packten, ganze Nächte hier zubrachte und »Madame Camoëns« ihm ein Feldbett aufgestellt hatte. Er wollte es mir sogar zeigen, und hinter den Mahagonitresen schlüpfend, folgten wir einem Flur, stiegen eine Treppe hinab. Dort, im Souterrain, bewunderte ich das Feldbett, abgeschirmt durch ein Gewölbe und ein kleines Schmiedeeisengitter, weshalb dieser Winkel einer Krypta glich. Bellune legte sich auf das Bett.

»Tja, mein Alter, ich bräuchte auch ein bisschen Ruhe … Ich müsste Madame Camoëns bitten, dass sie mir hier etwas aufstellt …«

Er sprach Französisch mit einem Akzent, der mir bisher nie aufgefallen war. Seine Blässe und sein unruhiger Blick rührten mich.

»Na los … Kopf hoch …«

Er stand auf und schenkte mir ein trauriges Lächeln. Als wir wieder bei den andern waren, luden uns die Contours zum Abendessen, in der Nähe von Bougival. Und dann saßen wir alle dicht aneinandergedrängt in ihrem Kabrio.

Es war bei diesem Essen, da beobachtete ich sie aus nächster Nähe. Christian Winegrain, den Contour manchmal das »Bankierssöhnchen« nannte, bereitete seinen Eltern große Sorgen und fürchtete, ein Familienrat könnte einberufen werden, der am Ende über sein Schicksal entschied. Paul Contour beschwichtigte ihn scherzend und versicherte, er würde ihm ein tadelloses Leumundszeugnis ausstellen. Bourdon, dessen Vornamen ich nicht weiß – wir nannten ihn stets »de Bourdon« –, war ein alter Freund Winegrains, kennengelernt hatten sie sich am Collège du Montcel.

Die zwei reisten von Zeit zu Zeit nach Ozeanien oder Brasilien und brachten Diapositive mit nach Hause und Themen für Vorträge. An einem Abend waren sie so freundlich und luden mich ein. Der Saal war leer, mit Ausnahme der ersten Reihen, wo etwa dreißig Jugendliche saßen und ein paar Erwachsene. Jedes Dia, das Winegrain auf die Leinwand projizierte, entfesselte einen Beifallssturm, noch bevor Bourdon es kommentierte. Nach dem Vortrag kamen diese begeisterten Zuhörer alle zu uns. Es waren Schüler des Collège du Montcel und ein paar von ihren Lehrern. Ihre Aufregung und ihr liebevolles Interesse verrieten, dass Winegrain und Bourdon fest zur Schullegende gehörten und am Collège die Erinnerung an sie weiterlebte. Doug – manchmal hatte er eine böse Zunge – behauptete, mit Ausnahme der Schüler vom Collège du Montcel fänden Winegrain und Bourdon kein Publikum.

Aber diese merkwürdigen Vortragsredner waren vor allem darauf bedacht, »ihr Leben zu leben«, denn Christian Winegrain litt an Neurasthenie, gegen die er durch ständige Betriebsamkeit anzukämpfen suchte. Sein Problem – sagte er – sei es, »jeden Stillstand zu vermeiden«. Er hatte gelocktes blondes Haar, einen rosigen Teint, das leicht pausbäckige

Gesicht eines alten Puttos. Bourdon, mit seiner Sonnenbräune, seinem dunklen welligen Haar, seinem Raubtierlächeln, seiner Wortkargheit und seiner Pfeife, spielte gern den Hochseegentleman und glich eher einem Schiffssteward. Sie teilten sich eine Junggesellenwohnung in der Rue des Colonels-Renard, wo mich Winegrain oft hinschleppte. Die Wände zierten Tarride-Landkarten unserer ehemaligen Kolonien und ein ausgestopfter Nashornschädel. Am Boden Tierfelle. Winegrains Zimmer war eine mit großer Sorgfalt nachgebaute Kajüte. Den ganzen Flur entlang hingen Fotos von einigen ihrer weiblichen Eroberungen, jeweils mit Datum, und zu meinem Erstaunen erkannte ich darunter die Frau eines glatzköpfigen Ministers im Amt.

Pauls Geschmeidigkeit und seine traurigen Augen erinnerten an Raubtiere, deren Sprünge vor den Gitterstäben ihres Käfigs enden.

Eine ihrer Heldentaten, die sie nicht müde wurden zu erzählen, war es gewesen, zwei »prachtvollen Skandinavierinnen« auf Sommerfrische in Paris – der Ausdruck »prachtvolle Skandinavierinnen« stammt von Winegrain – zu versprechen, sie würden zusammen ans Meer fahren, die von den Mädchen gestellte Bedingung, damit sie eine Nacht mit ihnen verbrachten. Gegen elf Uhr abends holen sie die beiden im Auto ab, fahren auf die Westautobahn und halten in Versailles, wo sie zwei Zimmer im Trianon Palace nehmen. Das Seebadflair des Hotels und der dunkle Park täuschen die »Skandinavierinnen«, die glauben, sie wären irgendwo in Le Touquet oder Dinard angekommen. Früh am Morgen nutzen Winegrain und Bourdon den Schlaf ihrer Opfer und postieren sich in der Glasgalerie.

Um zehn sehen sie die zwei »Skandinavierinnen« im Badeanzug, die Augen hinter Sonnenbrillen versteckt, an die Rezeption treten. Sie fragen nach dem Weg zum Strand. Dieser Esel Winegrain erstickte vor Lachen, noch fünf Jahre später.

Doch ihre Stimmung konnte sich ganz plötzlich verdüstern. Was Winegrain angeht, so habe ich die Ursachen für seine Erschöpfungszustände nie herausgefunden, aber sie dauerten mehrere Tage, an denen er kaum die Kraft hatte, sich bis in die Bar von »Madame Camoëns« zu schleppen und dann in der Krypta, die sie ihm eingerichtet hatte, niederzusinken.

Bourdon durchlebte genauso spektakuläre Trübsinnsphasen, doch bei ihm wusste man zumindest warum. Mit siebzehn war er unver-

Die südamerikanischen Rhythmen, die man bei Madame Camoëns hörte, passten nicht ganz zur wienerischen Höflichkeit Bellunes.

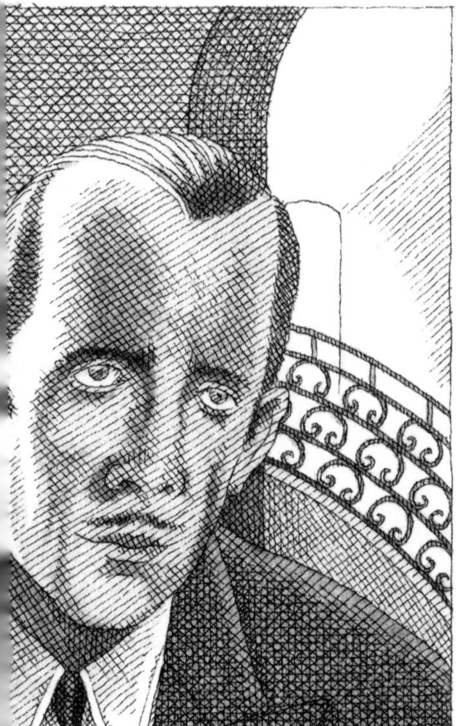

hofft Vater eines kleinen Mädchens geworden, und da die Mutter einer Kaufmannsdynastie in Bordeaux angehörte, geriet diese uneheliche Geburt zum Skandal. Man wollte das Kind gerne großziehen, jedoch unter der Bedingung, dass der Vater keinerlei Verbindung zu ihm habe. Jetzt, da es zum jungen Mädchen herangewachsen war, hatte Bourdon ein Foto geklaut, das er unaufhörlich vorzeigte. Zuerst erzählte er immer, sie sei liebevoll ihm gegenüber und in der Schule fleißig, doch nach einer Weile klappte er zusammen und gestand die Wahrheit: Er war ein Fremder für sie. Dann brachten wir den in Tränen Aufgelösten zurück in die Rue des Colonels-Renard.

Ich wage eine Erklärung für Winegrains »schwarze Löcher« – so nannte er seine Verzweiflungsattacken. Er war nie damit fertiggeworden, dass er das Collège du Montcel verlassen hatte. Er und Bourdon erzählten uns ganze Nächte lang von ihren Jugenderinnerungen, und wir begriffen, diese Zeit am Collège du Montcel blieb die schönste in ihrem Leben. Sie waren damals die Helden dieses Collège. Jedes Jahr im Juni, am Tag des Sportfests, erlebten sie ihre Ruhmesstunde, denn da vollführten sie vor zweihundert Schülern eine Darbietung in Stabhochsprung. An Sonntagen, wenn Ausgang war, kam Madame de Bourdon sie von der Schule abholen, in einem Simca. Sie hatte von der Gunst diverser Galane gelebt, dann einen gewissen Bourdon geheiratet, einen abgebrannten alten Edelmann von der baskischen Küste. Dieser Bourdon war, als Gegenleistung für eine Unterhaltsrente, sogar darauf eingegangen, den Sohn anzuerkennen, den sie von einem unbekannten Vater hatte und der niemand anders war als unser Bourdon.

Winegrain und Bourdon kleideten sich auf die gleiche rigorose Art für den Abend – Flanellanzüge oder Blazer, geschmückt mit dem Wappen des Collège du Montcel –, und ihre Bewegungen waren aufeinander abgestimmt. Einen Raum betraten sie gleichzeitig, Seite an Seite, oder sie trennten sich dabei mit einem raschen, symmetrischen Schwung, wie Revuetänzer beim Erscheinen auf der Bühne. Wenn ich Bellune Glauben schenke, dann hatte Contour sich mit Winegrain und Bourdon in einer Zeit angefreundet, als er die Effekten einer äquatorialafrikanischen Bergbaugesellschaft aufkaufte und sich in den Kopf gesetzt hatte, Luftaufnahmen zu machen von dieser

Anlage. Er suchte Piloten. Winegrain und Bourdon hatten in Brazzaville eine alte Farman gechartert und den Auftrag ausgeführt.

Später habe ich mich gefragt, ob die Zuneigung, die Paul Contour ihnen gegenüber bekundete, ganz uneigennützig war. Bediente er sich nicht des »Bankierssöhnchens« als Geldgeber? Und außerdem dachte er, Bourdons Dynamik und sein Abenteurertum wären – vorausgesetzt, man steuerte sie – seinen »Geschäften« nützlich. Es wurde erzählt, Winegrain sei Maddy Contours Liebhaber gewesen. Doch es wird so viel erzählt …

Zwei andere Mitglieder des »Grüppchens« kamen in Bougival hinzu: der Antiquitätenhändler und Fachmann für helles Holz, Claude Delval, der ein wenig älter war als die Contours und dessen Kopfhaltung ich be-

In der Avenue Paul-Doumer vermittelten die betont nüchterne Ausstattung des Salons, seine pastellfarbenen Wände und der Langhaarteppich einen Eindruck von Luxus und Eleganz, dem man nur schwer widerstehen konnte.

Delval hatte leuchtende Seidenstoffe für den Bezug einiger Sitzmöbel gewählt. Nur ein Mann mit sehr sicherem Geschmack konnte sich ein solches Wagnis erlauben.

wunderte; und sein junger Freund, ein Brünetter mit regelmäßigen Gesichtszügen. Diesen Antiquitätenhändler kannte Paul Contour nicht erst seit gestern. Er erinnerte sich sogar, Delval habe ihn eines Abends während der *drôle de guerre* zur Gare d'Austerlitz begleitet, als er eben seinen Stellungsbefehl erhalten hatte und sich auf den Weg machte zu einer Kaserne in der Charente. Damals war Contour unter dreißig und ahnte, dass er Delval beeindruckte. Seit jener Zeit hatte sich Delval für drei oder vier aufeinanderfolgende Generationen junger Männer interessiert, ähnlich dem Spaziergänger, der Wellen beobachtet, während diese, eine nach der andern, gegen den Fels branden, und diese ständig neu begonnene Suche nach der Jugend ängstigte Contour – das hat er mir oft anvertraut –, denn sie machte ihm sein eigenes Älterwerden spürbar. Er war nicht mehr der junge Mann, den Delval zum Zug begleitet hatte.

Ich saß am Tischende, zusammen mit dem Freund des Antiquitätenhändlers und Françoise, der brünetten Jugendlichen, die mit Christian Winegrain verlobt war. Sie hatte ihre Familie verlassen und folgte ihm überallhin. Offenbar hatte sich Winegrain damit abgefunden, gerührt über so viel Naivität. Der Freund des Antiquitätenhändlers, der Brünette mit dem tadellosen Profil, nahm Schauspielunterricht. Er fragte mich, hastig hervorgenuschelt, auf welche Rollen er sich – meiner Meinung nach – spezialisieren sollte. Sein Name kommt mir wieder in den Sinn, aber war das sein richtiger Name oder ein Pseudonym, das er mit Blick auf

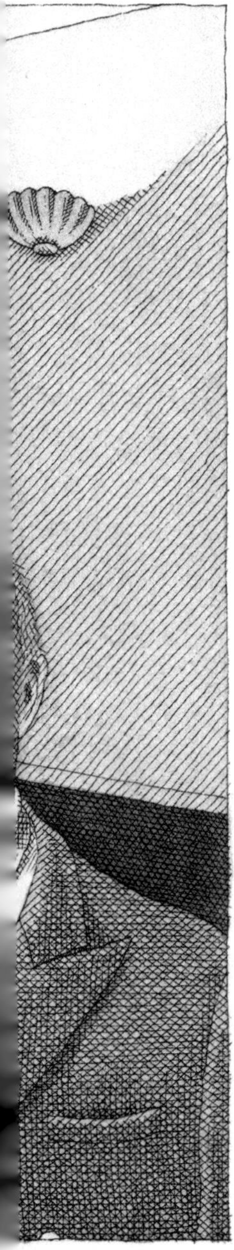

Doug wirkte wie ein gutmütiger Koloss, doch sein Blick verschleierte sich oft. Wahrscheinlich schätzte er den Izarra wegen seiner Farbe, denn sie erinnerte ihn an die Weiden seines heimatlichen Kentucky.

seine Künstlerkarriere gewählt hatte? Michel Maraize.

Bald lauschten alle der schönen, säuselnden Stimme von Paul Contour. In der Juninacht klang sie noch verführerischer als gewöhnlich, und Maddy beobachtete mich lächelnd. Vielleicht wollte sie prüfen, ob der Zauber dieser Stimme auf den Neuling wirkte. Er wirkte so sehr, dass ich immer dieselbe Schwierigkeit hatte zu verstehen, was Contour sagte, und dass ich mit ungeheurer Anstrengung dagegen kämpfte, eingelullt zu werden von dieser Stimme. Ja, einfach nur eingelullt.

Doch was sagte er an jenem Abend? Dinge, die nicht passten zum sanften Timbre seiner Stimme. Er sprach über seinen einstigen Beruf als Pferdehändler und über die Nacht in den Schlachthöfen von Vaugirard, wenn er auf die Ankunft der Züge mit den Tieren aus der Südzone wartete. Er kaufte jedes Mal etwa zehn von diesen Tieren und brachte sie im Morgengrau zu einem Stall in Neuilly. Manche konnten nicht mehr gehen, so schwach waren sie. Schlachtpferde. Er »päppelte sie« in seinen Ställen und verkaufte sie weiter an Gestüte, zum vollen Preis. Eines dieser Pferde hatte sogar bei Reitturnieren mehrere Preise gewonnen. Ein fuchsroter Wallach. Paul Contour rettete ihnen sozusagen das Leben.

Es war sehr spät, aber die Contours brachten jeden von uns bis vor seine Haustür. Ich blieb als Letzter im Auto. Ich saß auf der Rückbank, Maddy und Paul Contour waren vorn, Doug lenkte. Ich fragte sie, ob sie Georges Bellune, meinen Büronachbarn, schon lange kannten. Ich hörte Contour murmeln: »… Immer schon ... Er hat sogar mit mir zusammengearbeitet, bei den Pferden ... Er brauchte eine Arbeitserlaubnis, damals.« Mehr verriet Contour nicht. Alle beide sagten mir beim Verabschieden ein paar freundliche Worte. Sie hätten mich bereitwillig aufgenommen in ihr Grüppchen, aber dann hätte ich mich dauerhaft einem genau festgelegten Stundenplan unterwerfen müssen.

Von Oktober bis hinein in den Juni, das war die Zeit der Wochenenden in Grosbois, ihrem Landgut unweit von Vierzon. Ich war eingeladen. Ein seltsamer Bau, dieses Grosbois: weiße Fassade, zwei hohe Spitzdächer und Erkerfenster. Drei Stufen aus Ziegeln liefen rund um das Haus und dienten als Sockel. Dieses villenartige Aussehen verblüffte in der Landschaft der Sologne.

Delval, der Fachmann für helles Holz, besaß in der Umgebung eine ehemalige Jagdhütte, die er umgestaltet hatte, und abends kam er nach Grosbois, in Begleitung seines jungen

Freundes. Oder die Contours, Doug, Winegrain, Bourdon und Georges Bellune waren seine Gäste, und man aß bei ihm zu Abend, in einem Charles-X-Ambiente aus hellem Holz und Seidenstoffen. Auf dem Heimweg spottete Paul ganz freundlich über Delvals Vorliebe für den Stil Charles X. Seine, also Contours, Lieblingsepoche war das Directoire und die historische Persönlichkeit, die er am meisten bewunderte, der Vicomte de Barras. Er hatte eine der seltenen Büsten von Barras erworben, geschaffen von Gatti, und schmeichelte sich, er habe eine Ähnlichkeit mit ihm. Das Landgut in der Sologne hatte man zu Ehren von Barras »Grosbois« getauft, denn er besaß ein Schloss dieses Namens. Neben Kriminalromanen waren die einzigen Bücher, die man bei den Contours bemerkte,

In Grosbois, in der Villa am Cap d'Antibes und in Paris standen die gleichen Arumsträuße, die Maddys Handschrift trugen.
Sie hatte die Vasen selbst entworfen, und gefertigt wurden sie von einem Töpfer in Vallauris.

dem Directoire gewidmete Werke, eine Epoche, in der Paul Contour angeblich gelebt hatte. Diese Spinnerei verschaffte ihm bei den Mitgliedern des Grüppchens den Spitznamen »Direktor«, und oft sprach Delval von Maddy, indem er sie »unsere Madame Tallien« nannte.

In Grosbois, nach dem Abendessen, richtete Doug den Bridgetisch. Paul Contour begann eine Schachpartie mit Georges Bellune, oder Maddy machte den Vorschlag zu einer Runde Poker. Sie war darin offenbar sehr gefährlich. Ich hörte Platten im Nebenzimmer, gemeinsam mit Françoise, der brünetten jungen Freundin von Christian Winegrain, und heute bedaure ich, dass zwischen uns keine größere Nähe entstand, doch sie hatte nur Winegrain im Kopf, der an die fünfzehn Jahre älter war als wir. Sie verließ zuweilen das Zimmer und warf auf ihn einen besorgten und verliebten Blick. Winegrain spielte geschickt mit den Gefühlen von Françoise und wusste, was er anstellen musste, damit sie ihm eine Boshaftigkeit oder ein etwas allzu ungeniertes Verhalten verzieh. Er behielt sich dieses Mädchen in Reserve. Vielleicht spürte er, mit fünfunddreißig käme wohl bald die Zeit der ernsten Dinge, eine Heirat zum Beispiel. Bourdon bemühte sich, seiner Figur eines Südseeabenteurers treu zu bleiben, und legte Wert darauf, dass eine eventuelle Heirat ihm Geld eintragen müsse und völlige Freiheit. Deshalb dachte er an eine »hawaiische Heirat« mit einer sehr reichen Amerikanerin, die in Honolulu wohnte und ihm regelmäßig schrieb. Sie war Mischling und verwandt mit dem König Kalakaua, was dem Snobismus unseres Bourdon schmeichelte.

Oft zeigten Winegrain und er uns in Grosbois Dias von ihren Reisen. An anderen Abenden entzündete Maddy ein Feuer im großen Backsteinkamin des Salons, und Doug sang für uns, sich auf der Gitarre begleitend, Romanzen aus seiner Heimat Kentucky. Bourdon und Winegrain stimmten lauthals ein in eines dieser Lieder: »Memory Lane«, das Doug mir beibrachte, während der Aufenthalte in Grosbois und auch später noch am Cap d'Antibes. Paul Contour lauschte »Memory Lane« mit gedankenverlorenem Blick. Das Lied erzählte von Pferden, die man im Morgengrau dahintraben sieht und die niemals wiederkehren, und das rief ihm seinen alten Beruf in Erinnerung. Lästig war nur, man konnte Doug nicht mehr bremsen und er sang immer weiter bis tief in den Morgen.

In Grosbois versammelte sich das Grüppchen traditionellerweise auch zu Weihnachten und Silvester, und nach angelsächsischem Brauch veranstaltete man *Christmas Raffles*. Paul Contour wählte selbst die Tanne aus, am Quai de la Mégisserie in Paris, und ließ sie in die Sologne liefern. In jenen Nächten weckten die Tweedjacken von Paul, das Kaminfeuer und die Tanne, an deren Zweigen kleine rosarote und hellblaue Kerzen brannten, ein Gefühl von familiärer Wärme und Stabilität, ein trügerisches Gefühl, wie ich schnell merkte.

Ich erinnere mich an einen Nachmittag beim Fachmann für helles Holz. Michel Maraize, sein junger Schützling, rezitierte mit großer Überzeugung Prosagedichte von Baudelaire. Bei dieser Gelegenheit unterbreitete uns Paul eine Idee: Warum nicht ein »Klang- und

Es war seltsam, die wattige Wohnung in der Avenue Paul-Doumer und das elegante Landgut in Grosbois hatten beide ihren Ursprung in den Schlachthöfen von Vaugirard.

Lichtspektakel« organisieren, das er finanzieren würde, unter Einbeziehung von Schloss Sabré, nur ein paar Kilometer entfernt? Claude Delvals junger Schützling würde, vom höchsten Turm herab, den Kommentar zu dieser Darbietung sprechen. Paul zufolge war Maraize wirklich der richtige Mann für ein solches Unterfangen.

Einfälle hatte Contour in Hülle und Fülle. Während eines Wochenendes in Grosbois hörte ich ihn mit Winegrain und Bourdon über »Geschäfte« reden und schnappte ein paar Worte auf. Es ging um eine intensive Zucht von Meeresalgen, tja, und diese Algen würde man als Viehfutter nutzen. Contour sprach über Grundstücke an der Küste, unweit von La Hague, die man rasch kaufen müsse. Wenn dieser Plan mit dem Futter scheiterte, könne

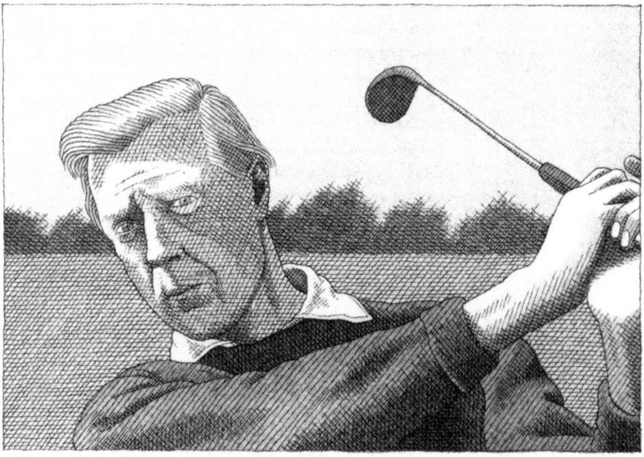

Paul war sehr stolz, er hatte einst den früheren englischen König bei einer Golfpartie geschlagen. Dieser hatte ihm eine Fotografie geschenkt, mit folgender Widmung:
No hard feelings, Paul. Edward R.

man die Grundstücke immer noch eindeichen. Und wir hätten Polder. Aber wozu Polder? Ja, wozu eigentlich?

Sein Traum war es – das gestand er mir während eines Spaziergangs im Hochwald bei Grosbois, ein Hochwald, der, wie Paul Contour mir wiederholt sagte, länger leben würde als wir –, wieder seinen alten Beruf als Pferdehändler auszuüben. Ich fragte ihn, ob er nicht der in seiner Jugend so brillant verfolgten Anwaltslaufbahn nachtrauere. Er schien überrascht, dass ich Bescheid wusste über dieses Detail in seinem Leben, dann sagte er mit schneidender Stimme, der Anwaltsberuf sei kein ehrenwerter Beruf, wegen der Hässlichkeit der Robe, und vor allem, weil dieser Beruf verlange, dass man zu viel rede. Dagegen mache einen der Umgang mit Pferden edler. Denn sie schweigen. Und Contour zog seine Brieftasche aus der Jacke und reichte mir ein Foto des fuchsroten Wallachs, den er vor der Schlachterei gerettet hatte. Es tröstete ihn, dieses Foto, denn jede Nacht hatte er den gleichen Alptraum, und wir hörten ihn stöhnen oder um Hilfe rufen, wenn wir uns in Grosbois aufhielten, oder auch den Sommer über in der Villa am Cap d'Antibes. Er träumte von langen Reihen mit Pferden, die man zu den Schlachthöfen trieb. Endlos, diese Reihen. Sie machten einen schwindlig. Und plötzlich stand er in der Reihe mit den andern. Auch er war ein Pferd. Nichts weiter als ein Schlachtpferd.

Er war so freundlich und stellte mir Fragen über meine Zukunft. Mein mangelnder Sinn für alles Praktische und mein geringes Interesse an Sport und Gesellschaftsspielen bereiteten ihm Sorge. Ihm zufolge brauchte man diese Dinge ab fünfunddreißig. Sie erlaubten einem, die Lebensangst zu überwinden, und wenn ich mich nicht sofort mit ihnen anfreundete, würden sie mir späterhin bitter fehlen. Er versuchte mir Schach und Bridge beizubringen und trieb die Hilfsbereitschaft so weit, dass er mich in einem Tennisklub und einer Reitschule in Neuilly einschrieb. Und da er bei den Stunden zugegen war, versäumte ich keine einzige. Er hätte es gern gesehen, dass ich Tanzunterricht nahm und meinen Führerschein machte, aber man durfte mich auch nicht allzu sehr bedrängen.

Er war bekümmert über meine nachlässige Kleidung. Eines Nachmittags im Herbst schleppte er mich in die Rue du Colisée zu seinem Schneider und bestellte zwei Anzüge, deren Stoff er selbst aussuchte. Dann ließen wir uns nebeneinander die Haare schneiden, bei einem Friseur auf den Grands Boulevards, dem Contour seit dreißig Jahren treu war. Am Abend aßen wir zu zweit bei Charlot, an der Place de Clichy, und ich war gerührt, als er mir sagte, er hätte gern einen Sohn gehabt wie mich. Ich dankte ihm. Es war schade, dass ein so schönes Paar wie die Contours keine Kinder hatte, und ich glaube, Maddy und Paul litten darunter.

In Grosbois hatten wir ein Lieblingsthema für unsere Scherze, Paul und ich: die verschlungenen Manöver, die er mir zwischen zwei Lachanfällen erzählte – Manöver, die er gern weiter verkomplizierte –, und zwar für seine Teilnahme an der »Rallye Boufmont«,

Das Foto von Maraize, das Delval am liebsten mochte. Es war war bei Ralph Simon aufgenommen worden, dem Studio in der Rue de Presbourg. Es prangte zwei Jahre hintereinander im Kinojahrbuch.

unter Aufsicht des Besitzers von Schloss Sabré. Er mochte Treibjagden nicht, er hielt es nämlich für skandalös, dass man Pferde benutzte mit dem Ziel, einen »Mord« zu begehen; der Anführer der »Boufmont« – ein großer Rüpel mit dem Aussehen eines Kämmerlings – war jedoch Vorstandsmitglied einer Bank und Vorsitzender in mehreren Aufsichtsräten. Contour hoffte, er könne ihn in seine »Geschäfte« hineinziehen und, wie er sich gern ausdrückte, »diesen Pfau rupfen«.

Bei jedem Besuch auf Schloss Sabré begleiteten ihn Douglas, Winegrain und Bourdon, und ich blieb allein mit Maddy in Grosbois. Sie hatte sich in Grosbois ein Atelier eingerichtet, und ich hockte bei ihr, während sie malte. Sie wollte die Porträts aller Gruppenmitglieder anfertigen und bat mich, auch meinerseits Modell zu sitzen. Als Doug mein Porträt neben die anderen im Salon an die Wand hängte, bot das Anlass für ein kleines Fest. Es rührte sie, dass ihre Malerei mich interessierte. Paul war so wenig »Künstler« ... Er las nur Kriminalromane und seine Schmöker über das Directoire ... Gleich nach dem Krieg hatte sie einen Modesalon gegründet, der nach drei Kollektionen wegen Pauls Waghalsigkeiten zugrunde ging, denn er kümmerte sich ums »Geschäftliche« ... Da hatte sie beschlossen, mit dem Malen anzufangen.

Wir spazierten durch den Wald, und sie nahm dabei meinen Arm. Sie trug eine rostrote Reitjacke. An Regentagen hörten wir im langsam dämmrig werdenden Salon ihre Lieblingsplatten. Hin und wieder tanzten wir, aber meistens betrachtete ich diese schöne lässige

Frau, die ausgestreckt auf dem Kanapee lag und eine Zigarette rauchte. Eines Nachmittags küsste ich sie, und ich spürte ihre blonden Haare sanft über meine Wange streichen, aber das unerwartete Auftauchen von Paul und den andern verhinderte, dass es zu mehr kam, und ich muss – zu meinem großen Bedauern – sagen, dass sich eine Gelegenheit wie diese nie wieder bot.

Der Aufseher in Grosbois wollte, dass Paul der Taufpate und Maddy die Taufpatin seiner Tochter würden. Die Feier fand in einer nahe gelegenen, dem heiligen Hubertus geweihten Kapelle statt. Wir waren alle dabei. Doug trug die Geschenke der Contours für ihr Patenkind: zwei bestickte Kissen und ein silberner Trinkbecher, den hatte Georges Bellune, wie

Das Rauschen der Brandung erinnerte Delval an die fernen Zeiten im Toulon und Villefranche der Vorkriegszeit, voll roter Pompons und heller Blicke …

er mir sagte, eine Woche zuvor, und nach genauen Anweisungen Contours, im Pfandhaus der Rue Pierre-Charron erstanden. Während der Messe konnte ich nicht anders, als über das disparate Aussehen unseres Grüppchens nachzugrübeln: Doug, sehr gerade, mit tiefrotem Gesicht und starrem Blick; Christian Winegrain und Bourdon, mit stolz gewölbter Brust in ihren Jagdröcken; Claude Delval, in einen metallisch-grauen Anzug gezwängt wie in eine Rüstung; sein junger Freund, ein in die Sologne versprengter griechischer Hirte, und Georges Bellune, Dragoman einer fernen Gesandtschaft; Maddy und ihr blondes Haar … Das Kind hätte sich sehr verwundert, hätte es gewusst, was für seltsame Gestalten hier versammelt waren, um seinen Eintritt in die christliche Kirche zu feiern.

In der Hacienda dauerten stürmische Pétanque-Partien bis Einbruch der Nacht.
Freundschaften lösten und knüpften sich rund um das Schweinchen.

Das Ungewöhnliche der Situation musste Paul Contour ins Auge springen, denn er teilte mir seine Bedenken mit. Erfüllten Maddy und er alle Pflichten gegenüber ihrer Patentochter, wie es sich gehörte? Seine Geschäfte waren so unbeständig … Das Haus in Grosbois kam immer mehr herunter, und flüsternd gestand er mir, es sei lange schon mit einer Hypothek belastet.

Und wir tauchten immer tiefer in den Winter. Januar, Februar, März verstrichen. Den April verbrachte das Grüppchen gewöhnlich in Kitzbühel, bei einem Kindheitsfreund von Georges Bellune, einem gewissen Bruno Kramer, der in diesem österreichischen Skiort ein geräumiges Chalet besaß. Doch als ich die Contours kennenlernte, hatte Kramer sein Chalet gerade verkauft, und das riss eine große Lücke, denn seit zehn Jahren hatten sie sich daran gewöhnt, einen Monat in den Bergen zu leben. Bellune hat mir die nächtlichen Aufbrüche von der Gare de l'Est nach Kitzbühel beschrieben, die drei Überseekoffer der Contours, die roten Pullis und Keilhosen, die Bourdon, Winegrain und Michel Maraize schon auf dem Bahnsteig trugen, die Skier, die Doug dem Träger entriss und eigenhändig in den vier Schlafwagenabteilen verstaute, während er »Memory Lane« vor sich hin pfiff. Delval, der Fachmann für helles Holz, begleitete sie nicht nach Kitzbühel, denn er vertrug keinen Schnee. Er nahm widerwillig Abschied von Michel Maraize, konnte ihm diese Ferien aber nicht verbieten.

Der Frühling ging zu Ende, und mit dem Juni begann ein neuer Zyklus. Das Grüppchen bezog sein Sommerquartier in der »Hacienda«, das war die Villa der Contours am Cap d'Antibes.

Ich hielt mich in jenem Sommer an der Côte

d'Azur auf und besuchte sie. So friedlich die Wochenenden in Grosbois dank der Gesellschaftsspiele, der Waldspaziergänge waren, so sehr versetzte das südliche Klima sie in ständige Erregung. Hier erriet man mehr als anderswo, dass die Contours einst glanzvollere Zeiten erlebt hatten, nach dem Mobiliar in der Hacienda zu urteilen, dem trüben ockergelben Verputz und der morschen Pergola. Seit damals machten die Mitglieder des Grüppchens »schwungvoll« weiter und redeten sich ein, nichts habe sich verändert. Natürlich war alles noch da: die Wohnung in der Avenue Paul-Doumer, Grosbois, die Hacienda, aber ein bisschen wie Ballsäle in Schlössern, die man hinter einem Führer besichtigt. Sie sind öde und stumm. Eines Tages fragte ich Paul aus und wollte wissen, wann genau die Schwie-

In der Hacienda hatte Maddy eigenhändig eine der Wände im kleinen Salon bemalt.
Tierfelle wärmten den provenzalischen Fliesenboden.

rigkeiten begonnen hatten. Seiner Meinung nach war der beste Weg, das herauszukriegen, wenn man als Bezugspunkt ein wichtiges Ereignis der Menschheitsgeschichte nahm. Nach kurzer Überlegung gestand er mir, das Ende seines »Goldenen Zeitalters« liege irgendwo zwischen Dien Bien Phu und Suez.

Am Cap d'Antibes versuchten die Mitglieder des Grüppchens mit gesteigerter Energie, die alte Glut wieder anzufachen. Warum hatte man das Gefühl, sie kämpften ein letztes Mal, bevor sie sich forttreiben ließen von der Strömung? Paul Contours Gesicht im Sonnenschein verriet zuweilen flüchtige Angst, doch ich bewunderte seine Gewandtheit und Selbstsicherheit, wenn er ein Nachtlokal betrat. Er nannte jeden, der uns Champagner servierte, »Wechsler« und wollte damit ausdrücken, dass die Flaschen ständig erneuert werden mussten. Ich höre ihn noch sagen: »Wechsler, bitte …«, und mit dem Zeigefinger auf unsre Gläser hinunterdeutend, um anzuzeigen, dass Champagner nachgeschenkt werden sollte, fügte er hinzu: »Plätschern lassen …« Ich hätte schwören können, er saß seit dreißig Jahren auf demselben Stuhl, am selben Tisch, während im Rhythmus der Flaschen die Dekors und Orchester wechselten, genau wie die Neonschilder draußen, die Regierungen und die Kleider der Frauen. Und die Kinder wurden größer. Unverändert blieben nur Paul Contours gerader Oberkörper, sein Zeigefinger und der kleine Satz, in regelmäßigen Abständen ausgesprochen, seit dreißig Jahren, mit derselben säuselnden Stimme: »Wechsler, bitte … Plätschern lassen …«

Dô bewahrte dem Kaiser gegenüber eine respektvolle Treue.

Zwei Personen blieben ungerührt inmitten des Gelächters und der allzu schrillen Stimmen: Michel Maraize, der junge Begleiter des Fachmanns für helles Holz, und Françoise, immer gleich verliebt in Winegrain und leidend unter seinen überreizten Zuständen. Eines Tages habe ich sie sogar weinen gesehen und mich vergeblich bemüht, sie zu trösten.

Delval, der Fachmann für helles Holz, genoss dagegen ein ungetrübtes Glück. Er liebte die Villa der Contours ganz besonders: Hatte er Michel Maraize nicht in Juan-les-Pins kennengelernt, während eines Aufenthalts in der Hacienda? In jenem Sommer beendete Maraize seinen Militärdienst bei der Marine, in seiner Heimatstadt Toulon. Etwas Merkwürdiges geschah mit Delval – und das weiß ich von ihm selbst, denn er vertraute meiner

Diskretion. Als er diesen jungen Matrosen aus Toulon betrachtete, sah er sich selbst als Zwanzigjähriger wieder: Toulon und seine Geheimnisse, Opium, Oscar Dufrenne und noch viele andere Erinnerungen aus den dreißiger Jahren, eine Zeit, als er, Delval, ein »exzentrischer Kaskadeur« auf der Bühne des Empire war, bevor ein Antiquitätenhändler und Fachmann für helles Holz von den Stehplätzen hinten im Parkett auf ihn aufmerksam wurde, ihn liebte und ihm den Beruf beibrachte. Und plötzlich erweckte ein junger Mann von heute – ohne etwas zu ahnen – all das vor Delvals Augen und hob die Zeit auf.

Oft gesellte sich ein Indochinese zu uns, Sohn eines ehemaligen Ministers unter dem letzten Kaiser von Annam, er war Winegrains und

Bourdons Mitschüler gewesen, am Collège du Montcel. Er war verheiratet mit einer Frau aus Marseille, einer gewissen »Pilou«, und führte eine Parfümerie in Cannes. Ein seltsames Paar. Er, hochgewachsen, athletisch, das Gesicht schon etwas aufgedunsen. Sie, eine winzige Brünette mit durchdringender Stimme. Sie machte ihm Eheszenen von beispielloser Lautstärke, und er ließ sie kreischen, Zigarette im Mundwinkel, von Zeit zu Zeit eine Rauchwolke ausstoßend, die sein ganzes Gesicht verbarg, oder sie mit kaltem Lächeln musternd. Sie mochte schreien, wie sie wollte, oder jedes Mal Skandale heraufbeschwören, wenn er uns ins Restaurant begleitete oder an irgendeinen öffentlichen Ort, nie verzog er die Miene. Eine solche Unerschütterlichkeit – er schälte sorgfältig einen Apfel, während sie ihn als »Mörder« beschimpfte – konnte die Anwesenheit dieser Frau auslöschen, die wir nur »die Marseillaise« nannten, und es war ergreifend anzuschauen, wie sie um sich schlug, als wollte sie dem Ertrinken und dem Vergessen entrinnen. Doch am Ende versöhnten sie sich immer, und das war für unser Grüppchen eine willkommene Ausrede, um ein paar Cocktails auf beider Wohl zu trinken und sich, wie Winegrain es nannte, in ein »Gelage« zu stürzen.

»Pilou« posierte vor der Heirat nackt für *Paris-Hollywood*, eine Zeitschrift, von der dieser Esel Winegrain bei einem Trödler in Antibes ein paar alte Nummern aufgetan hatte. Auf einer der Titelseiten erkannte man Pilou im Halbprofil, bekleidet mit einem winzigen Spitzenslip. Winegrain ließ diese Nummern von *Paris-Hollywood* augenfällig herumliegen, wenn Pilou in die Villa kam, was ihre schlechte Laune verzehnfachte.

Dô – der Indochinese – hatte viel Geld verschleudert mit dem Kauf eines stillgelegten kleinen Flugplatzes in der Nähe von Le Cannet. Er träumte davon, dort einen Aeroklub zu gründen, nachdem er drei Privatmaschinen und ein paar Gleiter gekauft hatte. Eines Nachmittags begleitete ich Paul Contour, Winegrain und Bourdon zu Dôs Flugplatz. Die beiden Letzteren wollten fliegen und vollführten immer gefährlichere Akrobatenstücke in der Luft. Angespornt von seinen ehemaligen Mitschülern, übertraf Dô sie in einem Sturzflug, und der hätte ihn beinahe das Leben gekostet. Wir tranken ein Glas, ganz hinten in einem Hangar, den Dô »Bar de l'Escadrille« getauft hatte, »Zur Fliegerstaffel«, in roten Lettern, die grell abstachen vom Blech, und Paul Contour erklärte uns mit seiner schönen Stimme, die Idee eines Aeroklubs sei gar nicht dumm und er werde darüber nachdenken. Mit geringen Investitionen und geschickter Werbung – warum sollte man nicht Seine Kaiserliche Hoheit Bao Dai fragen, ob er Ehrenpräsident sein wolle – könnte das Geschäft sich entwickeln. Ja, zunächst aber musste ein wohlklingender Name her für den Klub. Paul machte den Vorschlag »Vol-Azur«.

Ich wunderte mich, dass es in der Hacienda ausschließlich Kerzenbeleuchtung gab, und Georges Bellune erklärte mir, es handle sich keineswegs um eine Grille der Contours. Der Strom war abgestellt, und die Villa brach un-

Paul vermisste sein jährliches »Luftschnappen« in Bruno Kramers Chalet in Kitzbühel.

ter den Hypotheken zusammen wie Grosbois. Paul Contour war in der Avenue Paul-Doumer knapp einer Pfändung entgangen, und das Hin-und-Her-Gereise von Doug, mit immer bläulicherem Gesicht, zwischen Paris und dem Cap d'Antibes erklärte sich durch die besorgniserregende finanzielle Lage, die Paul aus der Ferne zu begradigen suchte. Er trug die Sache mit Fassung und hatte uns gefragt, was wir im Gefahrenfall von einem eventuellen »Rückzug« an die baskische Küste im September hielten.

Und doch lag abends in der Hacienda, wenn wir bei Kerzenschein aßen, ein Zauber in der Luft. Maddys Schönheit hatte daran großen Anteil, aber auch Pauls verträumte Bohemiennatur, dieser Leichtsinn, dem das Leben nicht wirklich etwas anhaben konnte, seine Veranlagung, »halb Coachman, halb Zigeuner«, wie er sagte.

Doug sang für uns seine Romanzen, und gegen zwei Uhr morgens machten wir uns auf die Suche nach Winegrain und Bourdon, die mehr tranken, als ihnen guttat, und sich davongemacht hatten. In der Nacht versuchten wir irgendwo ihre Stimmen aufzufangen. Sie grölten den Refrain von »Memory Lane«, und der Wind wehte ein paar Fetzen bis zu uns, vermischt mit Pinienduft:

Memory Lane
Only once do horses go down Memory Lane
But the traces of their hooves still remain …

(Nur einmal traben Pferde die Memory Lane hinunter, die Spuren ihrer Hufe jedoch bleiben für immer …)

Unser zielloses Suchen führte bis zum Strand La Garoupe, wo wir ein Mitternachtsbad nahmen.

Eine Kindheitsfreundin von Maddy, eine gewisse Suzon Valde, die das ganze Jahr über allein in Grasse lebte, wich uns nicht mehr von der Seite. Ein hagerer, glanzloser Körper, obendrauf ein blonder Mumienschädel. Sie widmete alle Kraft ihrem Garten, denn er war ihrer Vorstellung nach eine Miniaturausgabe des Parks der Villa Carlotta am Comer See. Ich erinnere mich, dass sie ein kleines wassergrünes Kabrio fuhr. Maddy und sie stammten aus Saumur, von wo sie gemeinsam mit achtzehn geflohen waren, um in Paris Mannequins zu werden. Saumur … das brachte Paul Contour zum Träumen. Maddy sagte immer wie-

Wo schöpfte Suzon Valde so viel Energie für ihren Garten?
Sie behauptete, während ihrer endlos langen Sonnenbäder.

der lachend, er habe sie nur geheiratet, weil sie ein Mädchen aus Saumur war. Und Paul erinnerte mit seiner säuselnden Stimme an das Klappern der Hufe auf dem Pflaster Saumurs, im Dämmer, wenn die Pferde heimtraben in ihre Ställe, an den Geruch und den Sand der Reitbahnen, die bernsteinfarbenen Weine und all die Dinge, die dem Leben einen Sinn geben.

Mein Gott, wie sehr scheint mir gerade jener Spätnachmittag Ausdruck des Lebens, als wir alle zusammen am ausnahmsweise einmal leeren Strand waren … Ein paar Menschen begegnen einander zufällig, bilden ein Grüppchen, dann zerstreut sich alles und löst sich auf … Christian Winegrain und Bourdon auf der einen Seite, auf der andern Doug, Françoise und der junge Begleiter des Fachmanns für helles Holz spielten Volleyball, getrennt durch ein unsichtbares Netz. Claude Delval, mit nacktem Oberkörper, schwarzem Gürtel und weißer Hose, erstarrt in einer wie gemeißelten Pose, die den ehemaligen Tänzer verriet, war Schiedsrichter. Ein Stückchen entfernt genoss Suzon Valde im türkisblauen Badeanzug die letzten Sonnenstrahlen. Paul, mit einem Frotteebademantel bekleidet, blätterte in einem Fotoband über die Spanische Hofreitschule in Wien. Und ich, ich spazierte in Begleitung von Maddy Contour herum und sagte mir, dass ich von Anfang an in sie verliebt gewesen war und dass sie rührend wirkte, denn bald schon würde sie vom Alter eingeholt, an diesem Nachmittag dagegen hätte man sie auf keine dreißig geschätzt. Wenn ich heute etwas bereue, dann, dass ich sie nicht geheiratet habe – ich träumte davon, wagte aber nicht, ihr das zu sagen, denn ich dachte, Paul würde nicht einwilligen in die Scheidung. Der Altersunterschied? Was heißt schon Altersunterschied? Madeleine und ich wären ein schönes Paar gewesen. Pech. Das Einzige, was mir von ihr bleibt, ist ein persisches Märchenbuch, das sie mir am Cap d'Antibes geschenkt hat, und auf die Titelseite hatte sie eine Widmung geschrieben: »Zur Erinnerung an die schönen Tage in der Hacienda« …

Ich sah sie alle ein letztes Mal vollzählig bei einem etwas feierlichen Anlass. Claude Delval, der Fachmann für helles Holz, hatte für einen Abend ein kleines Theater in Versailles gemietet, damit wir seinen jungen Freund in einer Szene von *Mariannes Launen* hören konnten. Außer den Contours, Bourdon, Winegrain, Georges Bellune, Doug und mir war bei dieser

Aufführung auch der Direktor der Comédie-Française zugegen, ein sehr distinguierter Herr, der Delval duzte und »Claudio« nannte. (Bellune verriet mir, genau unter diesem Vornamen, »Claudio«, habe Delval einst im Empire »kaskadiert«.) Der Fachmann für helles Holz hatte ihn eingeladen in der Hoffnung, er werde seinem Schützling weiterhelfen.

Michel Maraize zog sich nicht allzu schlecht aus der Affäre. Françoise gab ihm die Stichworte. Die Szene aus *Mariannes Launen* wurde von unpassendem Applaus unterbrochen, denn Winegrain und Bourdon waren blau. Der Direktor der Comédie-Française sagte jedoch ein paar aufmunternde Worte, das entspannte die Stimmung und beruhigte »Claudio« Delval, der während des Vorsprechens dicke Schweißperlen vergoss. Paul Contour schleppte die ganze Versammlung zu einem Landgasthof in Ville-d'Avray. Er schwadronierte gleich davon, ein Stück in Auftrag zu geben, und dessen Star wäre Maraize.

Unverbesserlicher Paul.

Der Nebel, der sie alle nach fünfzehn Jahren umhüllt, reißt manchmal auf. Paul Contour: sein Leichtsinn, aber auch sein Gesicht, das mir zerfurcht schien in der Sonne von Antibes. Maddy: sie hielt besser stand, dank ihrer schön geschwungenen Brauen, ihrer Augen, in denen Fjorde aufblitzten, und ihres Lächelns. Bourdon: er trug oft eine Seglermütze, hatte seine Pfeife im Mund, und es ging einem zu Herzen, dass er aussehen wollte wie ein Südseekapitän. Ganz wie sein Kindheitsfreund Winegrain hatte er einen leeren Blick, der nicht recht passen wollte zu seiner ewigen Bräune … Und

Winegrains allzu angespannte Fröhlichkeit, seine ständig hinausposaunten dummen Wetten, seine Leidenschaft für gefährliche Sportarten, die Françoise so sehr ängstigte, seine unauffällige und schüchterne Verlobte … Schließlich Doug, mit dem roten, pockennarbigen Gesicht, vom einen zum andern pendelnd, immer in Nebenrollen oder »Memory Lane« singend.

Ich hatte Gelegenheit, mit jedem von ihnen einen Augenblick allein zu verbringen, und ich weiß noch, dass Doug mich zum Abendessen einlud. Während er eine Flasche grünen Izarra leerte, erzählte er von seiner Jugend, als er eine Wespentaille hatte und ein hellhäutiges Gesicht und bei der Landung in der Normandie mitmachte, unter dem Befehl von Omar Bradley. Eines Morgens nahm Bourdon mich mit zum Rudern in den Bois de Boulogne, und

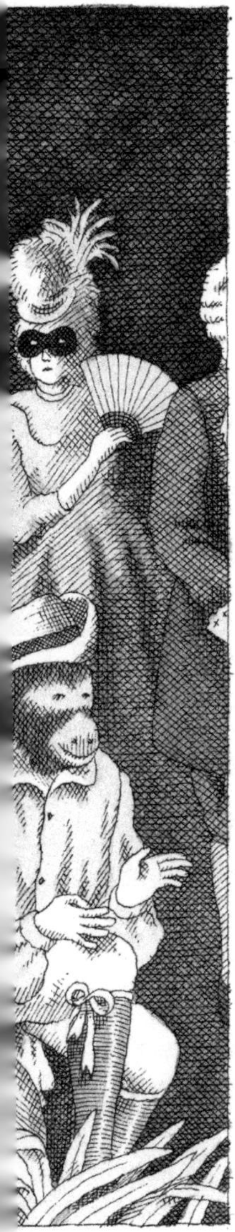

Delval sprach oft vom »zauberhaften Ball in Chiberta«, den er mit seinem Freund Escande besucht hatte.
In einem märchenhaften Ambiente, unter Pinien, empfing die Marquise de C. ihre Gäste mit großem Prunk.

wir aßen im Pré-Catelan, wo seine Mutter uns erwartete. Smaragdgrüne Augen, eine der anmutigsten, französischsten Nasen, die ich je betrachten durfte, nach Joséphines Nase auf dem Porträt von Isabey. Sie hatte verschiedene Männer gekannt, und Bourdon erinnerte sich, er habe beim Radchampion Charles Pélissier auf dem Schoß gesessen, beim Dramatiker Jacques Deval, beim Flieger Détroyat und bei so vielen anderen … Er nannte sie mit der Stimme eines kleinen Jungen »Mama«, sie nannte ihn »Bumby«, und ich meinte zu verstehen, dass sie für seinen Unterhalt sorgte.

An einem andern Abend zog mich Françoise ein wenig ins Vertrauen. Sie war Tochter eines Schuldirektors in Biarritz. Eines Sommers, sie war siebzehn, hatte sie Winegrain am Strand Les Basques kennengelernt. Liebe auf den ersten Blick. Winegrain verbrachte die Ferien mit Bourdon bei dessen Adoptivvater, und sie zog zu ihnen in das baufällige Schloss des alten Bourdon, für einen kurzen Honigmond.

Und der Spaziergang auf der Tuilerienterrasse, neben Michel Maraize, Delval, den wir hinterher in seinem Geschäft für helles Holz trafen, in der Rue d'Artois … Wenn ich sie so einzeln sah, hatte ich das Gefühl, ich sei eine Spinne, die vom einen zum andern immer verzweigtere Fäden spann, und ihr Grüppchen zog sich enger um mich zusammen.

Als ich nach etwa zehnjähriger Abwesenheit wieder zurück war in Frankreich, erkundigte ich mich bei den wenigen Personen, die von ihnen Nachricht geben konnten. Sie waren nicht gut, diese Nachrichten, und ließen mich noch deutlicher begreifen, dass die Zeit vergangen war. Ich, der so oft bei den anderen das Älterwerden beobachtete, musste mich nun meinerseits an die Vorstellung gewöhnen, dass meine Jugend zu Ende ging.

Aufgrund der vielfachen finanziellen Rückschläge Pauls waren Grosbois, die Hacienda und die Wohnung in der Avenue Paul-Doumer

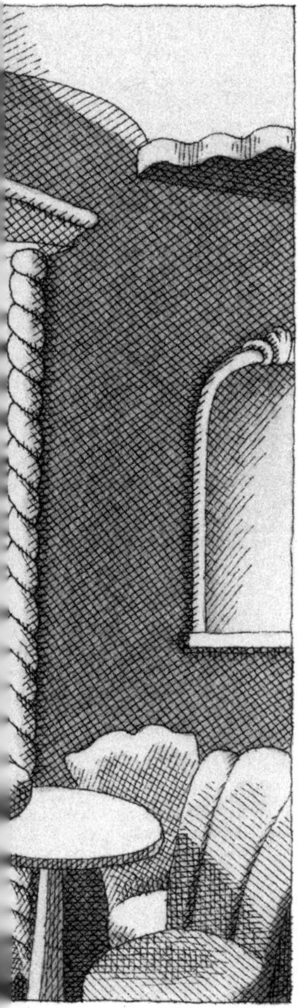

Der Direktor des Scarlett hatte sehr geschickt ein Dekor nachgebaut, das die Südstaaten heraufbeschwor.

gepfändet worden. Ich habe einen der Versteigerungsprospekte wiedergefunden, und wenn ich im Verzeichnis des Mobiliars lese: »Zwei Spiegel-Paravents, ein niedriger chinesischer Tisch«, denke ich augenblicklich an Maddys Maleratelier.

Die Hacienda war abgerissen, und an ihrer Stelle hatte man ein pyramidenförmiges Gebäude errichtet. Grosbois war inzwischen ein Ferienlager. Ich erfuhr, dass die Porträts, die Maddy Contour von uns allen gemalt hatte, an den Wänden im Salon geblieben waren. Die Möbelpacker konnten sie nicht abreißen, denn Paul hatte darauf bestanden, dass sie in Nischen eingelassen wurden, wie Ikonen. Die Kinder spielen vor unseren reglosen Gesichtern, bis in alle Ewigkeit. Am Ende sind wir ihnen ganz vertraut, und vielleicht haben sie uns liebevolle Spitznamen verpasst. Oder bespritzen uns manchmal mit Tinte und werfen Schneebälle.

Nach ihrem Ruin wurden die Contours von Christian Winegrain beherbergt, auf einem Gutshof in der Loire-Atlantique, der seiner Erbschaft entstammte. Paul hatte sich wieder »hochgerappelt« und überzeugte Winegrain, *paying guests* aufzunehmen, die paar Hektar Park in einen Golfplatz zu verwandeln und auf den Nachbargrundstücken eine Himbeerplantage zu errichten. Pauls Aktivismus und Energie standen im Gegensatz zum depressiven Zustand Winegrains, den Françoise verlassen hatte. Man sah ihn häufig bei Dämmerung verzagt in einem Kahn sitzen, mit hängendem Kopf, mitten auf dem großen Teich am Rande des Gutshofs. Und es brauchte Maddys ganze

In der CB-Bar erhielt Monsieur Méo in regelmäßigen Abständen Anrufe seiner Frau, die er »meine Regierung« nannte.

Sanftmut und Überzeugungskraft, damit er einwilligte, ans Ufer zurückzukehren.

Während er auf seinem Kahn träumte, kosteten der Golfklub La Grèze und die Himbeerplantage Christian Winegrain alles, was er noch an Geld hatte, doch er nahm es Paul nicht übel, und alle drei suchten Zuflucht ein paar Kilometer weiter, in einer puppenhausgroßen Villa am Strand Benoît, einziger Besitz, der dem »Bankierssöhnchen« geblieben war.

In der Zwischenzeit hatte das Grüppchen Verluste erlitten. Doug wurde Opfer eines Herzinfarkts, während er beim internationalen Tennisturnier im Stade Roland Garros zuschaute, und hielt es für ratsamer, Frankreich zu verlassen und sich zurückzuziehen in seine Heimat Kentucky, dorthin, wo Pferde nur einmal die Memory Lane hinuntertraben. Auch Bourdon verschwand eines Abends, ohne irgendwen zu benachrichtigen. Er lebt, wo auch immer, ein Leben zu Ende, das bereits damals, als ich ihn kennenlernte, höchst ungewiss war. Von ganzem Herzen, mein lieber Bumby, wünsche ich dir, dass es geklappt hat mit deiner »hawaiischen Heirat«.

Die Contours führen, wie es scheint, ein perfektes Biedermanndasein – einer von Pauls Ausdrücken – bei Winegrain in La Baule, und Paul hat die Villa umgetauft in »Letzte Rettung«. Er ist stark gealtert. Nicht dagegen Maddy. Um körperlich in Form zu bleiben, ist sie sportlich geworden und schwimmt bereits Ende März. In La Baule kennt man sie gut, und die Feriengäste bitten sie, ohne genau zu wissen weshalb, um Autogramme.

Paul Contour und Christian Winegrain haben den Sommer hindurch einen der vielen Kinderklubs zwischen Le Pouliguen und Pornichet gepachtet. Ich vermute, Paul schätzt diese Tätigkeit. Hatte er mir nicht verraten, eine Sache zähle für ihn ebenso sehr wie Pferde: der Strand? Ja, ganz gleich bei welcher Gelegenheit, immer schien Paul mit seinen langsamen, geschmeidigen Bewegungen geradewegs vom Strand zu kommen und Espadrillos zu tragen, durch deren Löcher bei jedem Schritt feiner Sand rieselte. Der Strand in der Sonne, mitsamt der Aussicht auf ewige Ferien, die Kinder, die mit großem Ernst Burgen bauen, so bröcklig wie Paul Contours Pläne, die sonnengebräunten Mädchen in grünen Badeanzügen und der Kasinodirektor da drüben – ein schöner

Auf seinen Kneipentouren begegnete Doug häufig Grete, einer Rot-Kreuz-Schwester zwischen zwei gefährlichen Missionen.

General De Gaulle hatte ihr einst höchstpersönlich das Kreuz der Ehrenlegion verliehen.

Mann, oder? für seine sechzig Jahre –, beschäftigt mit seiner täglichen Gymnastik, den Blick fest auf dem Ozean, seine kleinen Hanteln schwingend … Paul war empfänglich für all das, und ich kann mir vorstellen, sein Herz zog sich zusammen bei dem Gedanken, dass die Saison bald zu Ende war, und dann mussten die Rutschbahnen, Schaukeln und Turngerüste abgebaut werden.

Der Herbst kommt mit dem Zug der Graugänse, und man muss sich Beschäftigung suchen. Man spielt also Karten und Schach im Salon der »Letzten Rettung« oder hört Maddys Platten, während der atlantische Wind pfeift und der Sand langsam die leeren Straßen zuweht.

Christian Winegrain hat, zwischen zwei Trübsinnsanfällen, seine dummen Wetten

Der in Gesprächen mit Delval so häufig auftauchende Bébé war weder sein Neffe noch sein Patensohn, sondern Bébé Bérard, ein feinsinniger Maler mit unfehlbarem Urteil in Geschmacksfragen.

nicht aufgegeben: zum Beispiel, er werde nachts mitten in den Salzgärten bei Guérande landen, an Bord einer alten Jodel, die er selbst zusammengeflickt hat. Er will nicht das kleinste Leuchtfeuer und bevorzugt mondlose Nächte. Gott schütze ihn.

Delval und sein junger Schützling standen vor vier, fünf Jahren noch im Telefonbuch, mit derselben Hausnummer in der Rue de Rivoli. Dort sind sie nicht mehr, weder der eine noch der andere, und ein Konfektionsgeschäft findet sich an der Stelle des Ladens für helles Holz in der Rue d'Artois. Michel oder »Claudio«, falls Sie das hier lesen, bitte seien Sie so freundlich und melden sich bei mir, wo immer Sie auch sein mögen.

Und Georges Bellune, der mich bei ihnen eingeführt hatte? Er hat sich umgebracht. Ich denke oft an ihn. Gegen Ende hin verriet er mir ein Geheimnis: Er war in Wien geboren und hieß Georg Bluene. Mit dreiundzwanzig hatte er die Musik zu einer Operette komponiert: *Roses d'Hawaï*, deren Libretto sein Kitzbühler Freund Bruno Kramer geschrieben hatte. Die Operette war sehr erfolgreich, und die Ironie wollte, dass im Augenblick der Wahl Adolf Hitlers die bezaubernden, exotischen Refrains aus *Roses d'Hawaï* auf allen Lippen waren und verbreitet in ganz Berlin. Ich vermute, wenn Georg Bluene damals in Paris Oscar Dufrenne getroffen hat, dann, weil dieser *Roses d'Hawaï* in seinem Varietétheater am Faubourg Montmartre aufführen wollte. Unter uns, ist es nicht merkwürdig, dass die Machtergreifung der Nazis und der Mord an Dufrenne sich im selben Jahr ereigneten?

Delval hatte es verstanden, in Maddys Zimmer eine Zauberatmosphäre zu schaffen. Die Wolken aber, die Dimitri Bouchène an die Decke gemalt hatte, sind gewiss unter vielen Farbschichten verschwunden.

Und die Spiegel, die so viele Jahre lang das Bild der schönen Herrin dieses Ortes zeigten? Wurden sie zerbrochen?

Kurz darauf verließ Georg Bluene Wien und wurde Georges Bellune.

Er machte sich seine Oberflächlichkeit zum Vorwurf. Man schreibt keine Operetten am Vorabend der Apokalypse, sagte er mir. Ich behauptete das Gegenteil: Unbewusst hatte er gehofft, die Rosenblätter und süßen Klänge der Hawaiigitarren über den Bäumen am Ring und Unter den Linden würden das böse Geschick abwenden. Ich gebrauchte sogar ein Bild, das ihn sehr amüsierte: Er habe sich verhalten wie der Tintenfisch, der beim Nahen einer Gefahr zum Verwischen der Spur eine schwarze Wolke ausstößt. Arme *Roses d'Hawaï* von Bluene und Kramer.

Von uns allen hat sich Françoise am besten durchgeschlagen. Seit ein paar Jahren bewundert man sie auf der Kinoleinwand. Sie hat ihren Vornamen geändert, und als ich neulich Abend auf dem Rond-Point des Champs-Élysées am Plakat eines der Filme vorbeikam, dessen Hauptdarstellerin sie ist, habe ich ihr übermäßig vergrößertes Gesicht betrachtet. Ich erkannte gut das ganz junge Mädchen, das mit traurigem und leidenschaftlichem Blick Christian Winegrain überwachte.

Sie und ich, wir waren miteinander zwanzig. Würden wir uns treffen, dann wären wir wohl bald die Einzigen, die sich noch erinnern an die alten Zeiten in Grosbois und die schönen Tage in der Hacienda. Aber würde sie das wollen? Manchmal geben wir uns Mühe, das Grüppchen zu vergessen, das damals dabei war, bei unseren Anfängen im Leben.

Paris, 12. Juni 1979

Patrick Modiano

Patrick Modiano, 1945 in Boulogne-Billancourt bei Paris geboren, ist einer der bedeutendsten Schriftsteller der Gegenwart. Der Sohn einer flämischen Schauspielerin und eines französisch-jüdischen Geschäftsmanns widmete sich schon früh dem Schreiben. Bald lernte Modiano den Autor Raymond Queneau kennen, der ihn bei Gallimard einführte. Dort erschien 1968 Modianos erster Roman *La Place de l'Étoile*. In den folgenden Jahren veröffentlichte er zahlreiche weitere Romane, Kinderbücher, Theaterstücke und Drehbücher, die mehrfach ausgezeichnet wurden, u. a. mit dem Romanpreis der Académie française, dem Prix Goncourt, dem Österreichischen Staatspreis für Europäische Literatur sowie 2014 dem Nobelpreis für Literatur. Modiano lebt in Paris.

Pierre Le-Tan

Pierre Le-Tan, 1950 in Paris als Sohn des vietnamesischen Malers Lê Phổ und einer französischen Journalistin geboren, war Zeichner, Illustrator und Dekorateur. Le-Tan lernte das Zeichnen von seinem Vater und begann bereits mit sieben Jahren, Kunst zu sammeln. In seiner mehr als fünfzig Jahre währenden Karriere schuf er unzählige Buchcover, Filmplakate, Bühnenbilder sowie Magazintitel (u. a. für *The New Yorker*, *Harper's Bazaar*, *Vogue*) und arbeitete mit renommierten Modehäusern zusammen (u. a. Hermès, Chanel, Coach). Le-Tan starb 2019.

Elisabeth Edl

Elisabeth Edl, geboren 1956, studierte Germanistik und Romanistik in Graz und lebt heute als Literaturübersetzerin in München. Sie erhielt für ihre Arbeiten (Stendhal, Flaubert, Julien Green, Patrick Modiano u. a.) zahlreiche Preise und ist Mitglied der Deutschen Akademie für Sprache und Dichtung.